내 친구 에이든

교과 연계
국어 6학년 1학기 8단원 인물의 삶을 찾아서
국어 6학년 2학기 8단원 작품으로 경험하기
중등도덕 1학년 1단원 도덕적 주체로서의 나(천재)
중학국어 2학년 6단원 깊고 넓은 이해(비상)
중학국어 3학년 4단원 문학, 시대의 돋보기(천재교육)

즐거운 동화 여행 195

내 친구 에이든

2024년 11월 25일 초판 1쇄

글 양정숙 그림 송혜선
펴낸이 김숙분 디자인 김은혜 홍보 · 마케팅 최태수
펴낸 곳 (주)도서출판 가문비 출판등록 제 300-2005-60호
주소 (06732) 서울 서초구 서운로 19, 1711호(서초동, 서초월드오피스텔)
전화 02)587-4244~5 팩스 02)587-4246 이메일 gamoonbee21@naver.com
홈페이지 www.gamoonbee.com 블로그 blog.naver.com/gamoonbee21/
제조국 대한민국 사용 연령 10세 이상
주의사항 종이에 베이거나 긁히지 않게 조심하세요.

ISBN 978-89-6902-741-2 73810

• 이 책은 한국장애인문화예술원의 후원을 받아 2024년 장애예술 활성화 지원사업의 일환으로 발간되었습니다.
후원 : 한국장애인문화예술원 Korea Disability Arts & Culture Center

내 친구 에이든

차례

1. 추수감사절의 초대

하키를 마치고 친구들과 운동장으로 나오는데, 어디서 본 듯한 얼굴이 눈에 확 들어왔다.

그와 나는 누가 시키기라도 한 것처럼 자리에 우뚝 섰다. 한참 동안을 우리는 서로 뚫어져라 바라보았다.

먼저 그쪽에서 말을 건네 왔다.

"너, 혹시 프로비던스(Providence)에서 산 적 있니?"

"응, 어렸을 때 살았어."

"혹시 조슈아?"

"에이든?"

나도 모르게 큰 소리로 말했다.

"그래, 에이든이야."

"중국 여동생 미아도 있었는데…."

"맞아. 미아는 내 동생이지."

나는 같이 놀던 미아가 떠올랐다. 미아까지 확인하자, 가슴이 찡해왔다.

"에이든! 얼굴이 그대로 남아 있어."

"나도 너를 보고 깜짝 놀랐어."

"왜?"

"마주친 순간, 딱 조슈아 너였어."

"뭘 보니까?"

"웃으며 나오는데, 볼에 파인 보조개가 그대로였어."

우리는 힘차게 하이파이브를 했다.

내가 물었다.

"그런데, 어떻게 여기에서 학교를 다니는 거야?"

"아빠가 이곳 시러큐스(Syracuse)로 직장을 옮겨왔어."

"세상에! 참, 미아는 잘 있어?"

미아는 다른 학교에 다닌다고 했다. 미아도 무척 보고 싶었다.

INTERNATIONAL LEDERSHIP OF TEXAS
24

나는 버스에서 내리자, 집을 향해 헐레벌떡 뛰어갔다.

"엄마!"

"숨넘어가겠다. 무슨 일이야?"

"오늘 에이든을 만났어!"

"뭐야?"

"프로비던스에서 앞집에 살았던 에이든!"

"정말이야?"

"그렇다니까."

엄마는 에이든 이야기에 눈이 동그래졌다.

"세상에! 에이든이 이사 와서 함께 학교에 다니게 되다니…."

엄마도 잠시 추억에 잠기는 듯했다.

"엄마도 에이든 가족을 곧 만날 수 있겠구나."

같은 반은 아니지만, 에이든 덕분에 학교생활이 더 즐거웠다. 날만 새면 에이든을 만날 생각을 했으니까. 하키할 때도, 축구할 때도 우리는 한 팀이 되었고, 늘 어울려 다녔다.

에이든이 멀리 떨어진 곳에 계시는 낸시 할머니께 전화했단다. 나에 대한 소식을 듣자, 할머니도 무척 기뻐하셨다고 한다. 그러면서 추수감사절에 나와 데비를 초청하면 어떻겠냐고 하더란다. 그 말을 듣는 순간, 환하게 웃으며 반겨 주시던 할머니와 할아버지의 모습이 떠올랐다.

"데비, 에이든의 할머니가 추수감사절에 우리를 초청하고 싶다고 하셨대."

"정말?"

"응, 할머니와 할아버지께서 우리를 꼭 만나고 싶어 하신대."

나는 학교에서 돌아오자마자, 데비에게 이 소식을 전했다.

"땡큐, 땡큐. 낸시 할머니, 땡큐!"

데비가 좋아서 방방 뛰었다.

"그런데 어떤 방법으로 낸시 할머니 댁에 가지?"

내가 묻자, 데비가 한참 동안 생각하더니 손뼉을 딱 쳤다.

"좋은 수가 있어. 재키라고 친구 언니인데, 보스턴(Boston)에 간다는 얘기를 들었거든."

데비는 당장 친구에게 전화했다. 수화기 너머로 친구 목소리가 들렸다.

"데비, 웬일이니?"

"추수감사절에 재키 언니가 보스턴에 간다고 했지?"

"응. 그런데?"

"내가 조슈아랑 친구 할머니 댁에 갈지 몰라서."

"그곳이 어딘데?"

"보스턴에서 가까운 곳이야."

"그럼, 같이 가면 되겠네. 재키한테 부탁해 볼게."

데비가 재키와도 알고 지내던 터라 쉽게 승낙이 떨어졌다. 나는 날아갈 것 같은 기분이 되었다. 데비도 얼굴에 웃음꽃이 피어올랐다.

하지만 엄마 아빠의 반응이 어떻게 나올지 궁금했다. 나는 세탁물을 정리하는 엄마 곁으로 다가가서 돕는 척하며 말을 꺼냈다.

"엄마, 낸시 할머니가 우리를 초대하고 싶어 하신대."

"언제?"

"이번 추수감사절에."

"너희만?"

"당연히 에이든하고 에이든 누나 수지도 같이."

엄마가 고개를 갸우뚱했다.

"그럼, 누구 차로?"

"데비의 친구 언니가 마침 보스턴에 가는데, 우리를 태워 주기로 했어."

그 말에 엄마의 눈이 동그래졌다.

"얘들 좀 봐~."

"왜 그러는데?"

"안 돼! 어린아이끼리 어떻게 그 먼 거리를 여행해?"

엄마가 딱 잘라서 말했다.

나는 얼른 아빠에게 도움을 청했다.

"아빠, 나도 이제 열세 살이야."

"에게. 운전면허 따려면 아직도 까마득한 애송이가?"

그러자 엄마가 참견했다.

"애송이끼리 보내면, 엄마 아빠 마음이 놓이겠니?"

그러자 데비가 아빠를 보며 말했다.

"아빠, 내가 재키 차 몇 번 타 봤어요."

"잠깐 타 본 것하고, 네 시간 타는 것하고 같아?"

"에이든의 삼촌이 보스턴에서 기다리기로 했다니까요."

"그러니까, 그 네 시간이 문제란 말이야."

"대학생인 재키는 성격도 좋고 운전도 차분하게 잘해요."

데비가 사정하듯 말했다. 다행히 엄마의 표정이 조금 부드러워졌다.

"엄마, 허락해 주시는 거죠?"

"그럼, 조슈아는 차 안에서 장난치면 안 돼. 데비도 운전에 방해되지 않도록 말을 줄여야 해."

"네! 약속할게요."

나와 데비가 큰 소리로 대답했다. 그래도 엄마 아빠는 걱정스러운 얼굴을 풀지 못했다.

2. 롤러코스터가 아니야

드디어 기다리고 기다리던 추수감사절 연휴가 다가왔다. 날씨가 좋아서 내 마음은 풍선처럼 부풀어 올랐다.

"야호!"

나는 집을 나서면서 허공을 향해 주먹을 날렸다. 데비가 싱긋 웃었다.

"에이든!"

건널목 맞은편에 에이든이 보이자, 나는 큰 소리로 부르면서 달려갔다.

데비와 수지도 반가워서 얼싸안았다. 둘도 나와 에이든처럼 친한 친구 사이였다.

재키가 도로 옆 주차장에서 기다리고 있었다. 데비가 얼른 다가가 인사했다.

"재키, 안녕하세요?"

"그래. 안 본 사이, 너 예뻐졌구나."

재키가 창문을 내리며 활짝 웃었다.

"감사합니다."

우리도 차에 오르며 재키에게 인사했다. 모두 타자, 무게 때문에 차가 '출렁' 하고 흔들렸다. 재키에게 미안한 마음이 들었다.

"우리는 한배를 탄 친구들이야. 잘해 보자."

재키가 백미러를 보며 손을 흔들었다.

재키의 검은 머릿결이 유난히 반짝였다. 넉넉한 체구에 따스한 미소도 편안함으로 다가왔다. 그녀는 부모가 일찍이 이민을 와 미국에서 나고 자란 인도계 미국인 대학생이다.

재키만 빼고 우리는 모두 십 대이다. 나와 데비는 한국인이고, 에이든과 수지는 갈색 머리의 유럽계 미국인이다.

엄마 아빠에게 손을 흔들며 떠나올 때는 몰랐는데, 막상 차에 오르니 무슨 일이라도 일어나면 어떡하나 하는 두려움에 긴장이 되었다.

나는 마음속으로 기도했다.

'제발 보스턴에 무사히 도착하게 해 주세요.'

시내를 벗어나서 국도에 들어섰다. 재키도 긴장했는지 '휴~' 하고 숨을 몰아쉬었다. 운전 중에 떠들면 방해될까 봐, 차창 밖으로 새로운 풍경이 보이면 서로 눈을 껌벅이며 미소만 지었다.

도로가 뻥 뚫려서 긴장했던 마음이 서서히 풀렸다. 엄마 아빠를 떠나서 우리끼리만 즐기는 자유로움도 퍽 괜찮았다. 자동차도 우리 마음을 아는지 '휘리릭 휘리릭' 휘파람 소리를 내며 흔들거렸다. 마치 롤러코스터를 타는 기분이었다.

운전에 방해가 되지 않게 하라는 엄마의 부탁이 자동차의 흔들림에 섞여 날아가 버렸다. 에이든과 나는 신이 나서 노래하며 어깨를 들썩였다.

색상이 변하는 무지개구름

돌고 돌아 위로 위로

사랑과 웃음이 가득한 곳

로올러 롤러코스터~~

"조용히 하지 못해!"

재키가 소리를 버럭 질렀다.

우리는 깜짝 놀라 얼른 입을 다물었다. 백미러에 비친 재키의 얼굴이 핼쑥했다.

차 안의 분위기가 갑자기 얼음을 끼얹은 듯 서늘해졌다.

재키가 조심스럽게 갓길로 차를 옮겼다. 우리는 상황 판단이 안 되어 죄인이 된 얼굴로 눈치만 살폈다. 아빠가 집을 나설 때 했던 말이 생각났다.

"좋은 일에는 나쁜 친구도 함께 따라다니는 거야."

그 말을 떠올리자, 불안한 생각도 더 커졌다. 재키가 먼저 말을 꺼냈다.

"뒤에서 오는 차가 없어서 다행이었어. 우선 차에서 모두 내리자."

"어떻게 하려고요?"

데비가 물었다.

"차가 흔들리면서 휘파람 소리를 내잖아. 지나가는 사람에게 도움을 청해야지."

재키가 옷을 벗어 흔들자, 우리도 윗옷을 벗어서 한 손에 잡고 빙빙 돌리기 시작했다.

검은색 차가 속도를 늦추며 우리를 향해 다가왔다. 운전석에서 내린 사람은 키가 크고 인상이 좋은 흑인 아저씨였다.

"감사합니다!"

나와 에이든에게서 동시에 감사하다는 말이 튀어나왔다. 어른이 곁에 왔다는 것만으로 반갑고 위안이 되었다.

그가 재키에게 물었다.

"무슨 일이지?"

"보스턴까지 가야 하는데, 차가 마구 흔들리고 휘파람 소리를 내요."

"저런! 내가 한번 살펴봐도 되겠니?"

그가 고개를 갸웃하더니 조심스럽게 물었다. 재키의 얼굴이 환해졌다.

"아저씨가 살펴봐 주신다면, 정말 감사하지요."

"좋아."

아저씨가 미소 지으며 시원스럽게 대답했다.

우리는 고개를 쭉 빼고 그가 움직이는 대로 눈만 굴렸다. 재키가 바짝 다가가서 차가 어떻게 흔들렸는지 자세히 설명했다.

"오케이."

그는 장갑을 낀 후 덮개를 열었다. 엔진을 확인하고, 차의 이곳저곳을 살핀 후 말을 이었다.

"타이어에 펑크가 났구나."

아저씨는 자기 차에서 여러 가지 기구를 가지고 왔다. 그러고는 재키 차 트렁크를 열어 예비 타이어를 꺼내 본 바퀴와 갈아 끼웠다.

운전석에 앉은 아저씨가 열쇠를 꽂고 돌리자, '부릉' 하고 엔진이 돌아가는 소리가 났다.

"이제 보스턴은 물론 더 멀리까지도 끄떡없을 거야."

아저씨가 차에서 내리면서 말했다.

예비 타이어니까 목적지에 도착하면 어른들께 말씀드려 정비를 받으라 했다.

"오예!"

우리는 환호성을 질렀다.

재키도 활짝 웃으며 '감사! 감사!'를 연발했다.

나는 엄마가 할머니께 드리라고 준비해 준 꾸러미에서 과일 한 상자를 꺼냈다.

"아저씨, 이거 받으세요."

"아니야~."

아저씨가 손사래 치며 사양했다.

"어린 너희를 도와주고 싶었을 뿐이야."

"아저씨, 고마워하는 우리 마음을 좀 받아 주세요."

내가 진심으로 말하자, 아저씨도 안 되겠다 싶었는지 과일 상자를 받았다.

"땡큐!"

아저씨는 상자를 치켜들며 씩 웃었다.

"좋은 분이 나타나서 어려운 일을 해결해 주시다니."

우리는 아저씨가 정말 고마운 분이라며 찬사를 아끼지 않았다.

아저씨도 선물을 받고 고마워하니, 진심이 통하는 것 같아 기분이 좋았다.

검은 피부의 아저씨가 이를 하얗게 드러내 보이며 손을 흔들었다. 아저씨는 차 머리를 돌리더니 속도를 냈다.

3. 본능적으로 찾아가

“행운, 우리의 행운, 잊지 않을 거야. 행운 아저씨!”

재키가 행운을 외치더니 활짝 핀 얼굴로 운전석에 앉았다. 나는 재키에게 사과했다.

“재키, 미안해요. 우리는 속도 모르고, 차가 흔들흔들해서 신이 났어요.”

“크크, 용서한다. 이제 해결했으니, 얼마나 다행이니.”

재키가 유쾌하게 웃었다.

“야호!”

내가 주먹 쥔 두 손을 올리며 소리치자, 에이든도 바로 ‘야호!’ 하고 소리쳤다.

“에이든, 어떻게 ‘야호!’를 알아?”

“나도 모르게, 너 따라서 튀어나왔어.”

“정말?”

“사실은 한국어를 조금 배웠어.”

“한국어를?”

에이든은 인터넷을 통해 K-POP의 BTS 노래를 따라 하면서, 한국어를 틈틈이 공부했다고 했다.

“그럼 한국말도 할 줄 알아?”

“아주 조금.”

“와, 놀랍다.”

“요즘 BTS 노래를 모르면 친구들 이야기 속에 끼지도 못하잖아.”

“그래도 한국어까지 배우다니.”

“너를 만나려고 그런 일이 이루어졌나 봐.”

내가 감동하자, 에이든이 자랑스러운 듯 어깨를 으쓱이며 웃었다.

재키도 콧노래를 해서, 우리도 신바람이 났다. 차창 밖으로 낯선 풍경이 휙휙 스쳐 지나갔다. 넓은 들이 펼쳐지더니 지평선이 나타났고, 곧이어 바다 같은 호수가 보였다.

초원을 지나는데, 소 떼가 한가롭게 풀을 뜯고 있었다. 그림으로만 보던 소가 떼로 몰려 있어서 신기했다. 순간, 동화책에서 본 그림의 한 장면이 떠올랐다.

멜빵바지 작업복을 입은 한 목부가 송아지에게 젖병을 물리고 있는 그림이었다. 송아지가 젖병을 쪽쪽 빠는 모습이 마치 아기천사 같았다.

그때 '송아지는 젖 주는 사람을 자기 엄마라고 생각할까?' 하는 생각이 들어서 픽 웃음이 나왔다.

어느새 엄마 아빠가 운전 중에는 말을 줄이라고 했던 것을 잊은 채 이야기 속으로 빠져들었다.

"저렇게 많은 소는 누가 돌볼까?"

내 말에 재키가 대답했다.

"목장 주인이겠지."

재키가 마음의 여유를 찾았나 보다. 우리 이야기에 끼어드는 걸 보면.

재키가 말을 이었다.

"차에 이상이 생겼는데, 왜 서비스 부를 생각을 못했지?"

"맞아요. 우리 아빠도 길에서 차가 고장 났을 때, AAA에 전화했어요."

데비가 말했다.

"에구, 내 머리가 하얘졌었나 봐."

재키가 자기 머리를 한 손으로 콩콩 쥐어박았다.

"맞아. 자동차클럽 AAA에 신고하면 20분 안에 와서 해결해 주는데."

"상황이 다급하면 911 생각도 안 나고, 혼자 해결하려 든대요."

우리는 무사히 해결된 일에 대해 마음 놓고 이야기하며 웃었다.

재키가 창밖을 바라보며 말했다.

"얘들아, 저 소들은 저기서 밥 먹고, 똥 싸고, 잠자고, 새끼도 낳는다."

"자기들끼리요?"

"당연히 주인이 관리는 하지."

"그런데 왜 저렇게 많은 소를 기르는 거예요?"

내가 물었다.

"우리에게 젖을 짜서 주기 위해."

재키가 말했다.

"늘 소젖 먹는 우리들!"

에이든이 말했다.

"소젖 먹는 우리는 말썽꾸러기 소 새끼들!"

뒤이어 내가 말하자, 모두 소리 내어 웃었다.

"인도에도 대량 생산하는 곳이 따로 있지만, 보통은 여기처럼 한꺼번에 많은 소를 기르지는 않아."

"그럼, 어떻게 기르는데요?"

"가정집에서 한두 마리 길러. 집에서 밥을 주기는 하지만, 주로 나가서 먹을 것을 해결해."

"누가 밥을 줘요?"

"시장에서 나오는 부산물을 밖에 내놓기도 하고, 소가 눈에 보이면 주민들이 정성스레 차린 먹이를 대접하는 지방도 있어."

"왜요?"

"소는 종교적인 의미도 있지만, 사람에게 자기 젖을 주니까, 어머니처럼 신성하게 여기는 거지."

"세상에는 여러 문화가 있네요."

데비가 말했다.

"그러니까 인도에서는 소가 여기저기 마구 돌아다녀."

"먹이를 찾느라고요?"

내가 물었다.

"그보다는, 거리가 자기들 놀이터야."

"그러다 밤이 되면 어디서 자요?"

"해가 지면, 주인이 있는 소는 거의 다 자기 집으로 돌아가."

"주인이 안 데려가도요?"

"데려가기는? 본능적으로 자기 집이 어딘지 알고 있대."

자기 집을 알고 찾아간다는 말에 에이든과 나는 벌어진 입을 다물지 못했다.

"그럼, 인도는 소의 천국이겠네요."

수지가 말했다.

"천국이긴 한데, 골칫거리이기도 해."

"왜요?"

"돌아다니는 소가 예의를 지키겠니, 교통법규를 알겠니?"

"에이든. 소젖은 먹지만, 예의는 잘 지키기!"

"조슈아, 길에 똥 싸기 없기!"

"하하하."

우리는 한바탕 웃었다. 재키가 말을 이었다.

"놓아기르니까 좋은 점도 있어. 소가 아무 데나 누는 똥오줌이 얼마나 귀한 자원이 된다고."

"어떻게요?"

"소똥은 말려서 연료나 비료로 사용하고, 오줌은 가공해서 살충제로 사용해."

"와! 정말 소중한 자원이네요."

우리가 이야기를 주고받으며 오는 사이, 자동차는 어느새 보스턴

가까이에 이르렀다.

에이든의 손에 들린 핸드폰에서 '통, 통, 통' 하고 신호음이 울렸다.

액정 화면에는 삼촌이 보낸 문자가 떠 있었다.

"여기는 메리엇(Marriott) 호텔 주차장."

"그곳이 어디에요?"

"90번과 95번 하이웨이가 만나는 곳인데, 그냥 메리엇 호텔을 치고 와."

"오케이."

에이든의 삼촌은 벌써 약속 장소에서 기다리고 있었다.

4. 그때 몇 살쯤이었을까

우리는 재키에게 감사하다며 손을 흔들고 차에서 내렸다.

청바지에 하얀 티셔츠 차림인 분이 환하게 웃으며 우리를 향해 다가왔다. 직감적으로 에이든 삼촌임을 알았다.

"만나서 반갑다."

짧게 자른 노란 머리에 훤칠한 키의 삼촌이 얼마나 친절한지 이제 걱정 같은 건 하지 않아도 될 것 같았다.

"이제 안심이다!"

나는 혼잣말을 했다.

"조슈아, 방금 뭐라고 했어?"

"삼촌 만났으니 안심이라고."

"그건 나도 마찬가지야."

차에 오른 우리는 삼촌이 곁에 있는 것도 잊고 이야기 속으로 빠져들었다.

"재키가 조용히 하라며 꽥 소리칠 때는 정말 무서웠어."

"그래도 우리를 도와준 아저씨가 나타나서 행운이었지."

데비가 거들었다.

"그렇지만 너는 모를 거야. 우리 엄마 아빠가 먼 거리를 어떻게 어린 아이들끼리만 여행하느냐며 얼마나 심하게 말렸는지를."

내가 말하자, 에이든이 고개를 끄덕였다.

"우리 부모님도 처음에는 반대하셨어."

"근데 어떻게 허락을 받아 냈어."

"네 엄마 아빠가 다녀오라 했다니까 겨우 허락하신 거야."

"그랬구나. 우리 엄마 아빠를 믿으셨구나."

데비가 활짝 웃었다.

어렵게 허락을 얻어낸 것은 두 집 다 마찬가지였다.

"허락받기는 너네가 더 쉽지 않았을까?"

데비 물음에 수지가 대답했다.

"그렇지. 나는 친할머니 할아버지를 만나러 가는 거니까"

"그렇게 어려운 관문을 거치면서 여기까지 왔구나."

말없이 운전만 하던 삼촌이 거들었다.

"사실 우리가 SNS에서 친구 찾기라도 했다면 진작 만났을 거야."

내가 에이든에게 말했다.

"어려서 헤어졌기에, 그런 생각을 못 했지."

"너희 집과 우리 집은 항상 문이 열려 있었어."

에이든의 집에 가면 마당에 노란색 미끄럼틀과 그네가 있었다. 즐길 것이 많이 있어 마치 놀이터 같았다. 내가 가면 미아도 무척 반겨주었다. 미아랑 미끄럼과 그네도 타면서 같이 노는 것이 그렇게 즐거울 수가 없었다.

그네를 타다가 싫증 나면 에이든과 자동차 놀이를 했다. 자동차끼리 부딪치면 사고가 났다고 우는 시늉도 했다.

"엄마 아빠는 학생이어서 컴퓨터에만 매달려 있었기에, 나는 너희 집에 가서 살다시피 했어."

"그랬나?"

에이든이 그 사실은 잘 모르겠다는 듯 웃었다.

"너 생각나니? 엄마들이 바쁘면 서로에게 부탁하고 외출했던 일?"

“그럼. 생생히 떠오르지. 우리 집에 너희를 맡기는 날엔 네 엄마가 케이크랑 과일을 많이 가지고 오셨어.”

“미안하니까 그랬을 거야. 체리, 오렌지, 파인애플 등을 손질해서 투명 용기에 정성껏 담던 모습이 떠오른다.”

“아무튼 너희를 맡기는 날엔 맛있는 간식을 푸짐하게 먹었어.”

에이든이 이야기하는 표정을 보니, 진짜 신났던가 보다.

그런데 자동차 놀이할 때는 언제나 내가 불리했다. 내 자동차는 식빵만 한 데다, 손으로 밀어야 굴러가는 플라스틱 제품이었으니까. 하지만 에이든 것은 어른 베개만 하고 쇠로 된 빨간 자동차인데, 리모컨을 누르면 자유자재로 움직였다.

나는 리모컨 자동차가 신기해서 에이든 집에 더 자주 갔다. 에이든은 삼촌이 크리스마스 선물로 사 주었다고 했다.

“삼촌이 지금까지도 친구가 되어 주니, 얼마나 좋은지 몰라.”

내 옆에 앉은 에이든이 백미러를 향해 삼촌에게 눈을 찡긋해 보이며 말했다. 그러자 삼촌이 물었다.

“얼마큼?”

“말할 수 없을 만큼이요.”

“그래, 나도 말할 수 없을 만큼 고맙다.”

“삼촌이 왜 고마워요?”

“네가 고마워하니까.”

삼촌의 말에 우리는 즐겁게 웃었다.

예전에도 에이든 삼촌은 조카 사랑이 대단했다. 조카들을 보려고 거리가 상당히 떨어진 곳에 사는데도 자주 찾아왔으니까. 게다가 학생이어서 여유가 없을 텐데, 용돈을 아껴서 선물을 사 주곤 했다.

나도 한국에 삼촌이 있는데, 에이든은 곁에 있어서 참 좋겠다는 생각이 들었다.

“그때 내가 네 자동차 고장 낸 거 생각나니?”

“그럼, 네가 망치로 내 자동차를 부쉈잖아?”

“그랬어. 그때를 생각하니, 지금도 미안하다.”

지금까지 나에게 미안해할 필요는 없다면서 잊으라고 했다.

“그런데 왜 부셨어?”

“차 속에 무엇이 있어서 그토록 잘 굴러가는지 확인하고 싶었거든.”

"호기심이 유별났구나."

"응, 너 안 보는 사이에 얼른 열어 본 후 덮어 놓으려고 했지."

"이~그, 엉뚱한 말썽꾸러기!"

에이든이 장난스럽게 드럼을 두드리듯 내 등을 두 손으로 두두두 두들겼다.

"맞아, 엄마도 나한테 못 말리는 말썽꾸러기라고 했어."

"우리는 다 말썽꾸러기였지."

에이든이 씨익 웃으며 말했다.

"네가 울고불고 달려들면서 자동차 물어내라고 나에게 난리를 쳤어."

내가 웃으며 말하자, 에이든도 생각 난 듯 씩 웃었다.

"그때 데비가 어떻게 했는지 생각나?"

에이든이 말했다.

"너에게 달려들어서 와락 떠밀었어."

"내가 널 때린 줄 알고 화가 났던 모양이야."

"그랬던가 봐."

"남매는 무서웠다. 계속하기를 바란다. 킥킥."

에이든이 재미있다는 듯 자기 말에 리듬을 넣으며 어깨춤을 추었다.

"뒤로 벌렁 넘어진 네가 크게 소리 내어 울어댔어. 특권을 부린 거야."

"무슨 특권?"

"너희 집이니까. 우리는 큰소리치기가 어렵잖아."

내 말에 에이든이 큰 소리로 웃었다.

"널브러진 너를 보더니, 수지 얼굴이 붉으락푸르락해졌어."

"떠밀지는 않았어?"

"떠밀어 버릴까, 아니면 우리를 못 오게 할까 고민하는 표정이었어."

"둘 다 동생 사랑이 철철 넘쳤네."

에이든은 내 이야기가 마치 다큐를 보는 것 같다고 하면서, '그래서 어떻게 되었는지 기억나?' 하며 물었다.

"울면서 '데비 나빠! 나빠!' 하고는, 문을 '쾅!' 닫고 들어가 버리더라고."

"패싸움이 벌어졌네."

수지가 화가 난 이유는 데비가 에이든을 떠밀었기 때문이었다.

"맞아, 그랬어. 나도 생각나."

에이든이 말했다.

“그때 네 동생 미아가 커다란 인형을 안고 뚜벅뚜벅 내 곁으로 다가왔어.”

“나를 놔두고 왜 너한테?”

에이든 눈이 동그래졌다.

“킥킥, 네가 나한테 난리 치는 걸 미아가 봤잖아.”

“네가 안 돼 보였던 모양이구나.”

“안고 온 인형을 나에게 안겨 주며 팔을 토닥여 주었어. 눈처럼 하얀 털에 목에는 핑크빛 리본을 맨 테디베어였어.”

“맞아, 우리 집에 그런 테디베어가 있었어.”

에이든이 고개를 끄덕였다.

“너희 집을 나오면서 테디베어를 돌려주자, 미아가 고개를 살래살래 흔들더라고.”

"미아가 널 위로하려고 작정했구나."

"그때 쓰레기를 버리고 들어오던 네 엄마가 나에게 이렇게 말씀하셨어."

"조슈아에게 주고 싶어서 그러는 거니까, 받아도 돼."

그때 마주친 에이든 엄마의 눈빛은 한없이 따스했다.

"그래서 슬그머니 테디베어를 안고 우리 집으로 왔지."

"맞아. 그 테디베어가 언제부턴가 보이지 않더라고."

"엄마한테 안 물어봤구나."

"미아 것이라서 별로 관심을 두지 않았지."

"그 후 이사 다니면서도 그 테디베어를 가지고 다녔어. 지금도 옷장 어느 구석에 숨어 있을 거야."

"오늘도 집을 나오는데, 미아가 자기만 빼고 할머니 집에 간다면서 뾰로통해 말도 안 하더라고."

"그때 우리가 여섯 살쯤 되었을 거야."

에이든이 말했다.

"그럼, 미아는 몇 살이었지?"

"나보다 두 살 어리니까 네 살이었겠다."

이야기를 나누다 보니, 우리는 어느새 그때의 어린아이가 되어 있었다.

5. 미아는 엄마하고, 조슈아는 아빠하자

“너와 거실에서 자동차 놀이를 하고 있으면, 미아가 살금살금 다가와서 할 말이라도 있는 듯 눈치를 살폈어.”

“왜 눈치를?”

“나를 빼앗아 가려니까, 너한테 미안했던 모양이지.”

“빼앗아 간다고?”

“응, 내가 미아하고만 놀면 너는 외톨이가 되잖아.”

“그렇구나.”

미아는 분위기를 살피며 서성이다가 자기 방으로 돌아갔다. 그러고는 주방용 장난감이 담긴 카트를 밀고 와서 혀도 잘 안 돌아가는 발음으로 말했다.

"조슈아. 우리, 빵 굽자."

에이든은 표정이 일그러지며 매서운 눈초리로 나를 쏘아보았다. 나는 가슴이 쿵 하고 내려앉았다. 그 상황에서 나는 미아와 짝짜꿍하며 놀 수가 없었다.

"나, 빵 굽기 싫은데?"

눈치도 못 채는 미아가 계속 조잘댔다.

"미아는 엄마하고, 조슈아는 아빠하자."

나는 에이든의 눈치를 보며 주춤거렸다. 미아가 어느새 도마와 당근을 안겨 주었다. 나는 어쩌지 못하고 시키는 대로 노란색 플라스틱 주방용 칼을 한 손에 쥐었다.

"당근 잘라야지."

미아가 시키는 대로 토막 내어 찍찍이로 붙여 놓은 플라스틱 빨간 당근을 싱크대 앞에서 잘랐다. 토마토와 샐러드도 접시에 담았다. 미아는 구운 빵과 수프를 들고 와서 식탁 의자에 앉았다.

"조슈아, 빵 먹자."

에이든 눈치를 살피느라 미아가 하는 말에 나는 엉거주춤 결정을 못 내리고 있었다.

“조슈아, 재미없어?”

“아니.”

“그럼, 빨리 먹자.”

어쩔 수 없이, 나는 먹는 시늉을 했다.

“냠냠냠.”

“맛있어?”

“응. 미아랑 같이 먹으니까, 더 맛있어.”

미아가 나를 바라보며 깔깔깔 웃었다. 엄마 역할에 무척 흡족한 모양이었다.

갑자기 에이든이 달려들더니, 눈을 부라리며 차려놓은 식탁 세트를 와락 밀어제쳤다. 나는 훼방 놓는 에이든에게 아무 말도 못 한 채 멀뚱히 쳐다보기만 했다.

난장판이 된 식탁을 미아가 바라보더니, ‘에이든, 미워! 미워!’ 하며 주저앉아 울음보를 터뜨렸다.

“그때, 화가 난 네가 무서워서 얼른 내 자동차를 안고 도망치듯 우리 집으로 달려왔지.”

내 말을 듣고 있던 에이든이 눈을 크게 뜨며 말했다.

“그런 일이 있었어?”

“기억 안 나니?”

“응, 내가 미아와는 자주 티격태격했으니까.”

“그래도 너는 참 좋은 오빠였어.”

“왜?”

“미아가 놀다가 넘어져 울기라도 하면, 얼른 달려가 털어 주고 안아 주면서 달랬으니까.”

오빠 노릇을 톡톡히 해내는 에이든이 나는 무척 부러웠다. 나도 미아 같은 동생이 있으면 얼마나 좋을까 하는 생각을 했다.

미아는 우리 가족처럼 머리카락도 까맣고 모습도 비슷해서, 더 애틋한 정이 갔는지도 모른다.

에이든이 불쑥 말을 뱉었다.

“너는 배신자였어.”

“무슨 말이지?”

“나하고 놀다가 미아가 와서 놀자고 하면, 그쪽으로 쪼르르 가 버렸으니까.”

“하하하, 그랬었구나.”

우리는 그때를 생각하며 같이 웃었다.

할머니 댁을 가려면 프로비던스를 거쳐야 했다. 어느새 차창 밖으로 낯익은 풍경이 다가왔다.

"와~ STOP & SHOP이다!"

나도 모르게 탄성이 나왔다.

"우리가 저 슈퍼마켓에 주로 다녔지?"

에이든이 말했다.

"저기에 갔다 온 날은 먹을 것이 풍성했어."

슈퍼마켓에 가는 날은 신이 났다. 산더미처럼 쌓인 장난감, 먹거리 등 온갖 물건이 우리를 유혹했다. 우리가 이것저것 마구잡이로 집어넣어도, 계산할 때 카트에는 엄마 아빠에게 꼭 필요한 것만 남아 있었다.

"저기에서 엄마 아빠가 주로 뭘을 샀을까?"

에이든이 말했다.

"먹을 것이었지. 그중에서도 나는 동그랗고 긴 통에 담긴 감자칩과 초콜릿, 사과 모양 치즈가 좋았어."

이야기하는 사이, 우리 가족이 다녔던 '한인 중앙교회'가 스쳐 지나갔다. 나는 가슴이 콩닥콩닥 뛰었다. 아는 사람이 내 이름을 부르며 달려 나올 것만 같았다.

교회에 가는 날엔 한국인을 많이 만났다. 마치 한국에 와 있는 것 같았다. 아빠는 성도들 앞에서 목사님의 한국어 설교를 영어로 동시 통역했다. 한국말을 모르는 영어권 교인은 이어폰을 끼고 아빠가 통역해 주는 설교를 들었다.

한인 교회이지만 한국 사람만 모이는 곳은 아니었다. 한인과 결혼한 외국인 가족이 있어서 한국어를 영어로 통역하는 것이다.

예배가 끝나면 어른들이 아빠를 보고 한마디씩 했다.

"어쩌면 저렇게 유창한 발음으로 즉석 통역을 할까요?"

"보통 머리로야 어떻게 하겠어요."

나는 그런 소리를 들으면 어깨가 으쓱, 입꼬리가 쑥쑥 올라갔다. '저분이 우리 아빠예요.'라고 하고 싶었지만, 부끄러워서 말하지 못했다.

예배를 마치고 지하 식당으로 내려가면, 한국 음식으로 점심을 먹었다. 미역국도 있고 깻잎, 잡채 등이 차려져 있었다.

어른들은 고국 소식을 주고받으며 이야기 속으로 빠져들었다. 미국에 살지만, 그분들은 모두 한국 걱정을 안고 사는 것 같았다.

"한국은 장맛비로 소도 떠내려가는 등 난리던데, 어쩌지요?"

"추석은 돌아오는데, 집 잃은 이재민들은 어떡해요?"

서로 이야기를 나누는 표정에 안타까움이 배어 있었다.

어른들이 고국 걱정을 하건 말건, 아이들은 상관할 바 아니었다. 오랜만에 만난 한국 친구와 술래잡기도 하고, 마구 뛰어다녔다. 영어와 한국어를 섞어가며 소리도 지르고 깔깔거렸다.

"주슈아, 다 왔어. 무슨 잠꼬대를 그렇게 하고 있니?"

나는 깜짝 놀랐다. 잠시 생각에 잠겨 눈을 감았는데, 잠이 들었나 보다. 꿈속에서 그때로 돌아가 즐기고 있었나 보다.

6. 감사나무

삼촌을 따라 집 안으로 들어섰다. 넓은 마당에는 노랗게 핀 키 작은 달리아가 머리를 맞대고서 정답게 도란거리고 있었다. 꽃밭 사이로 뚫린 샛길을 지나서 현관문을 열고 들어갔다.

“어서 오너라. 우리 손주들!”

몸집이 넉넉한 금발의 낸시 할머니가 두 팔 벌려서 우리 넷을 덥석 안았다. 할아버지도 그 옆에서 환하게 웃었다. 집 안에서 고소한 냄새가 풍겨 나왔다.

수지가 말했다.

“할머니 꽃이 정말 예뻐요.”

"오래 보려고 관리를 조금했어."

안으로 들어서자, 창 쪽에 자리 잡은 나무 한 그루가 눈에 들어왔다. 가로로 걸린 표지판에 한글로 '감사나무'라고 쓰여 있었다.

"할머니, 이게 뭐예요?"

에이든이 물었다.

"너희를 환영하는 감사나무지."

할머니가 나와 에이든의 등을 토닥였다.

식탁에는 정성껏 차린 음식이 가득했다. 온통 축제 분위기였다. 나는 코끝이 찡해왔다.

'이렇게 많은 것을 준비하시다니….'

지금까지 나는 이런 나무를 어디에서도 본 적 없다. 에이든도 할머니 할아버지가 이런 이벤트 행사를 벌인 일이 처음이라고 했다.

감사나무에는 선물이 달려 있었다. 예쁘게 포장된 초콜릿과 직접 만든 쿠키, 장난감 자동차랑 안으면 포근할 것 같은 인형이 우리를 반겨 주었다.

나무에는 매직으로 쓴 글이 각기 다른 모습으로 코팅되어 걸려 있다. 빨간 사과 모양에는 '할머니는 너희 만날 날을 손꼽아 기다리고 있다'라고 쓰여 있고, 노란 망고 모양에는 '감사나무를 설치하니, 할

감사나무
웰컴 우리
손님들!

아버지도 어린애로 돌아가는 것 같다'라고 쓰여 있다.

삼촌도 넘어갈 수가 없었나 보다. '너희를 위한 것이니, 맘대로 따서 가져'라고 쓴 것이 붙어 있었다. 모든 글귀에서 사랑이 가득 묻어나왔다.

색종이를 오려 붙인 하트 모양의 카드도 대롱거린다. 분홍색 종이에는 꽃과 함께 스마일이 크게 그려져 있다. '웰컴 우리 손주들!'이라는 글자가 꽃처럼 웃고 있다.

'우리 집에서도 크리스마스가 되면 트리를 설치했지만, 이런 생각을 하시다니.'

삼촌 아이디어로 감사나무가 만들어졌다고 한다. 재료도 직접 구해오고, 그림도 그렸다고 한다.

어렸을 때 할머니 할아버지가 에이든 집에 오신다는 얘기를 들으면, 데비와 나도 날짜를 손꼽으며 같이 들떴다. 할아버지는 나와 데비도 차에 태우고 다니면서 박물관 구경을 시켜 주었다. 때로는 놀이동산에도 데려가고, 맛있는 것도 사 주었다.

나는 우선 인형을 따서 가슴에 꼭 안았다. 하얀 몸에 분홍색 발바닥을 가진 벨벳 돼지 인형이었다. 마치 미아가 어렸을 때 나에게 안겨주었던 테디베어 같았다. 베개만 한 인형이 얼마나 귀여운지 안고 자

면 딱일 것 같았다.

에이든이 빨간색 자동차를 고리에서 내리자, 할머니가 말했다.

"어린 시절을 떠올리라고, 일부러 장난감 몰에 가서 쇼핑했어."

데비와 수지는 선물에 손을 대지 못하고 살펴보기만 했다.

식탁에 놓인 먹음직스러운 고깃덩이로 눈이 갔다. 노릇노릇 구운 옥수수, 하얀 크림수프, 호박파이도 맛있게 보였다.

"할머니, 감사합니다."

에이든이 말했다.

"할머니, 정말 감사합니다.

나도 에이든을 따라서 말했다.

"입맛에 맞을지 모르겠구나."

'이렇게 많은 음식을 준비하느라 얼마나 고생하셨을까?'

나는 가슴이 찡해왔다. 60대 중반인 할머니는 자신의 수고로움은 내보이지 않고, 우리의 입맛만 걱정했다. 정말 고마웠다. 모든 것이 대부분 처음 경험하는 신비로운 것들이었다.

7. 함께 입은 티셔츠

식탁에 둘러앉은 우리에게 할머니가 말했다.

"먼 길 오느라고 힘들었지?"

"아뇨, 얼마나 재미있었다고요."

수지가 말하자, 데비도 한마디 보탰다.

"할머니, 정말 재미있었어요."

타이어가 펑크 나 겪은 이야기는 아무도 꺼내지 않았다.

"어릴 적 마음 놓고 드나들던 친구 집이라 생각하고, 편히 쉬고 가."

"네, 감사합니다."

할머니 할아버지가 차려진 음식을 빨리 먹자고 재촉했다.

"할머니, 잠깐만요!"

데비가 자리에서 일어나 준비한 꾸러미를 재빠르게 풀었다.

장난기 가득한 우리의 어린 시절 사진이 박혀 있는 티셔츠 네 장이었다. 앞면에는 우리 넷이 모두 들어간 사진이었다. 나와 에이든은 자전거 옆에서 헬멧을 쓴 채로 무엇을 먹고 있다. 앞니가 빠진 데비는 내 등 뒤에서 달라는 듯 손을 내밀고, 토끼 모양의 라라인형을 품에 안은 수지는 우리를 바라보며 웃고 있다. 티셔츠 뒷면에도 오래전 사진이 자리 잡고 있다.

"와~!"

에이든과 수지가 셔츠를 펴서 치켜올리며 탄성을 질렀다. 할머니가 환한 얼굴로 사진을 들여다보며 한마디 했다.

"이 귀여운 꼬맹이들이 언제 이렇게 컸을까?"

나와 에이든이 어깨동무하고 찍은 사진을 보고 수지가 물었다.

"이때가 몇 살이었니?"

"세 살 때였을 거야."

"정말 귀엽다."

수지가 인형 라라를 안고 찍은 사진을 보며 다시 말했다.

하하
-!
어머나
까
와-!
까

"나는 라라가 없으면 잠이 오지 않았어."

"맞아, 너는 언제나 그 인형을 안고 다녔어."

데비가 증명해 주려는 듯 맞장구쳤다.

오순도순 이야기하며 사진을 들여다보는 모습이 마치 머리를 맞대고 피어 있는 마당의 여러 송이 달리아 같았다.

다음에는 데비가 할머니께는 양털 소재의 카디건을 걸쳐 드리고, 할아버지께는 목까지 감쌀 수 있는 털모자를 씌워 드렸다.

"그러잖아도 이 모자가 필요해서 구하려고 했는데."

"정말요?"

"응, 너희가 내 맘을 꿰뚫어 본 것 같구나."

할아버지가 우리를 대견해하셨다. 할머니의 파란 눈에 눈물이 고였다.

"어떻게 우리에게 딱 맞는 선물을 준비했니?"

"엄마와 아빠랑 같이 가서 골랐어요."

데비가 웃으며 말했다.

"정말 고맙다."

"할머니 할아버지께서 어린 시절 우리에게 해 주신 거에 비하면 아무것도 아니지요."

"우리가 뭘 해 주었다고…."

"그렇지 않아요, 할머니. 저도 알고 있는걸요."

데비가 말하자, 할머니와 할아버지가 활짝 웃었다. 할머니가 데비를 보며 말을 이었다.

"너희가 기억하려는지 모르겠구나."

"무슨 말씀인데요?"

"조슈아 아빠가 세미나 참석차 중국에 다녀오면서 우리 내외 비단 잠옷을 사 왔거든. 지금도 그 잠옷을 즐겨 입는단다."

"할머니, 기억나요. 가족이 함께 중국에 갔는데, 아빠가 할머니 할아버지께서 우리를 예뻐해 주신다며 선물로 잠옷을 사자고 했어요. 그때 백화점에서 우리가 보드라운 잠옷을 얼굴에 마구 문지르다가 직원한테 지적을 받았거든요."

"그래. 살결처럼 보드라운 잠옷이야."

"지금도 기억나요. 할머니 것은 분홍색이고, 할아버지 것은 커피색이었어요."

"맞아, 네가 또렷이 기억하고 있구나."

"그럼요."

"예쁘게 자란 너희가 또 이렇게 선물을 챙겼구나. 고마워서 눈물이

나네."

마지막으로 삼촌에게는 아빠 직장 로고가 새겨진 야구 모자를 건넸다.

"와~. 내 것도 있었니?"

삼촌이 얼른 모자를 쓰더니, 눈을 찡긋하며 손을 흔들었다.

"이제 어서 먹어야지."

할머니가 말씀하시자, 우리는 후다닥 사진이 든 티셔츠로 갈아입고 의자를 식탁 앞으로 바짝 당겼다.

"우리 다 같이 기도드리자."

경건한 할아버지의 기도 말씀이 끝났다.

할아버지는 큰 나이프와 포크로 칠면조 고기를 자르면서 말했다.

"어서 먹자. 너무 기다렸구나."

할머니는 먹기 좋게 자른 고기를 우리들의 접시에 담아 주었다.

나는 들어오자마자 눈이 갔던 옥수수를 집어 들었다.

"옥수수가 가장 맘에 드니?

삼촌이 말했다.

"그냥 둬라. 익숙한 것이 편한 것이다."

할머니의 말씀에 정이 철철 넘쳤다.

사실은 내가 칠면조고기를 먼저 집을 걸로 생각했는지 모른다. 내가 할머니를 실망하게 해 드리지 않았나 하는 생각이 들어 미안했다. 하지만 칠면조고기를 즐겨 먹어 본 일이 없어서 얼른 손대지 못했다.

에이든과 수지가 준비한 크랜베리 주스를 유리컵에 따라서 우리 모두에게 건넸다. 할머니도 우리가 선물로 준비해 온 과일 상자를 열었다.

우리는 빨간 주스 컵을 부딪치며 파이팅을 외쳤다. 우리는 같은 티셔츠를 입고, 같은 주스를 마시니 더 단단하게 뭉쳐진 것 같았다.

8. 대한민국이 빛나던 밤

식사를 마치자, 할아버지가 체크무늬가 산뜻하게 그려진 체스보드를 가지고 나왔다.

"누가 나하고 겨뤄 볼래."

"저랑 할까요?"

나는 할아버지와 함께 게임에 들어갔다.

우리 집에도 체스보드가 있지만, 그다지 게임을 즐기지는 않았다. 하지만 오늘은 할아버지를 만난 기념으로 한번 해 보고 싶었다. 보드를 중심으로 둘러앉아 편먹기를 했다. 데비와 에이든은 내 편이고, 수지와 삼촌, 할머니는 할아버지 편이 되었다.

검은 말과 흰말이 보드에서 앞서거니 뒤서거니 경쟁했다. 상대편 말이 쓰러져 나갈 때는 환호하며 자기편끼리 하이파이브를 했다. 검은 말보다 흰말이 쫓겨나는 일이 많아졌다. 할아버지 편에서 잡혀 온 포로가 보드 밖에 쪼르르 서 있다. 마치 신하가 임금 앞에 조아리고 있는 것처럼 보였다. 그 모습을 보니, 나도 모르게 장난기가 발동했다. 한국 드라마에서 봤던 사극의 한 장면이 떠올라서였다.

"그렌파, 황송하오나 강적을 만났다고 느껴지지 않사옵니까?"

"그렌손, 결과는 끝까지 가 봐야 아는 것이니라."

"그렌파, 벌레도 강적을 만나면 죽은 척한다고 들었사옵니다."

"그렌손, 굶주린 호랑이를 만나도 정신만 차리면 살아날 수 있다 했느니라."

"그렌파, 또 흰옷 입은 말이 포로로 끌려 나가지 않사옵니까?"

"오우, 그렌손. 내가 손들었다."

"그렌파, 인정해 주시니 감사하옵니다."

"축하한다!"

할아버지는 손을 내밀어서 나에게 악수를 청했다. 방안은 웃음소리로 가득 찼다.

삼촌이 말했다.

"아버지, 이제 체스 치우고 축구 볼까요?"

"그래, 월드컵 경기를 보자꾸나."

카타르에서는 축구 경기를 중계방송하는 중이었다. 거실에 놓인 텔레비전은 한국산이었다.

"할아버지, 텔레비전이 한국산이네요?"

"한국산이 좋다고 이번에 친구가 추천해 줘서 구입했다."

텔레비전을 켜자, 한국과 포르투갈이 경기를 벌이고 있었다. 한국산 텔레비전에서 우리 선수들이 뛰는 모습을 보니, 마치 한국에서 경기를 보는 듯한 착각이 일었다.

아빠한테 한국산 전자제품이 세계에 쫙 깔려 있다는 말을 들은 적 있다. 할아버지 댁에 있는 한국산 텔레비전이 아빠 말을 증명하는 것 같았다.

데비와 내가 한국인이어서 모두 한국 팀에 관심을 가지는 것 같았다. 할아버지도 비록 텔레비전 앞이지만, 역시 한국을 응원했다.

포르투갈이 먼저 한 골을 넣자, 힘이 빠지는 듯했다. 선수들이 뛰는 모습도 지루하게 느껴졌다. 삼촌도 자리에서 일어나 서성이더니 주방에서 물을 가져와 벌컥벌컥 마셨다.

한참 후 한국이 골을 넣어 동점이 되자, 불꽃 튀듯 뛰는 선수들이 물불을 가리지 않았다. 하지만 이보다 튀는 불꽃은 할아버지였다. 할아버지는 자리에 편히 앉아 있지 못하고 들썩였다. 한국이 지면 큰일이라도 날 것처럼.

"슛! 노우~, 이를 어쩌니? 오케이, 오케이."

할아버지는 무릎을 두드리며 안절부절못했다.

"잘했어. 경기는 그렇게 하는 거야!"

마치 할아버지가 본부석에 앉아 중계방송이라도 하는 것처럼 열을 올렸다.

경기가 엎치락뒤치락하자, 할아버지가 애를 태웠다.

"할아버지! 결과는 끝까지 가 봐야 아는 것이라고 하셨잖아요."

"맞다, 맞아. 끝까지 가 봐야 아는 거야."

막바지에 이르러 중앙선에서 날아온 공을 한국 선수가 잽싸게 헤딩으로 받아 코너 쪽에 있는 선수에게 넘겼다. 전달받은 선수가 오른발 슛을 날려 골망에 넣었다.

'와~' 하고 함성이 터졌다. 생생한 현장의 소리였다. 모두 벌떡 일어나서 팔짝팔짝 뛰며 외쳤다.

"골인! 골인!"

우리의 들썩이는 소리에 현장의 외침 소리가 아스라이 들렸다. 선수들은 골 세리머니를 손 키스로 보내며 뛰어다녔다.

"대~한민국! 짝짝짝 짝짝."

어느새 우리는 박자를 맞추며 손뼉 치고 있었다. 현지 응원단 붉은 악마의 응원 모습을 얼른 따라 배운 것이다.

나중에는 '대~ 한민국'을 외치며 빙글빙글 원을 그리며 돌았다. 마치 월드컵 경기장에 가 있는 기분이었다.

할아버지의 명언인 '끝까지 가 봐야 안다'가 맞아떨어지는 순간이었다.

때맞춰 월드컵 경기까지 승리를 이루었으니, 더욱 특별한 밤이었다. 잠시 후, 할아버지가 흥분을 가라앉히고 말했다.

"오래도록 추억으로 남을 멋진 밤이구나."

"정말 그래요."

삼촌이 말했다.

"그래. 피곤할 테니, 어서 쉬어라."

나는 방으로 들어와, 감사나무에서 딴 인형을 안고 잠자리에 들었다.

9. 보스턴 가는 길

창문으로 들어오는 햇살에 눈이 부셨다. 너무 오래 잤나 싶어 후다닥 이불을 젖히고 일어났다. 얼마나 피곤했던지, 세상모르고 잔 모양이다.

노크 소리가 들려 문을 밀치자, 할머니 할아버지가 빙그레 웃으며 서 있었다.

“불편하지 않았니?”

“네, 아주 잘 잤어요.”

“잘했다.”

“할머니 할아버지도 잘 주무셨어요?”

"그럼. 우리도 잘 잤지. 오늘은 삼촌이 너희를 데리고 보스턴으로 가서 안내할 거야."

"할머니 할아버지는요?"

"너희에게만 안내하기로 했어."

생각해 보니, 삼촌 차는 할머니 할아버지까지 모시려면 자리가 부족하지 싶었다. 우리는 함께 차에 올랐다. 보스턴은 어제 슬쩍 지나오기만 해서 기대가 되었다.

프로비던스에 살 때, 한 시간 거리였던 이 길을 엄마 아빠를 따라 자주 다녔다. 보스턴에는 유명한 대학이 몰려 있어서 세계 각국 유학생을 비롯해 한국인도 많이 살았다. 그러기에 한국 음식을 구하는 데도 큰 어려움이 없었다. 보스턴에서 주로 사 온 한국 음식은 김치, 된장, 고추장, 김 등이었다.

찰스강의 푸른 물도 여전히 출렁거렸고, 붉은 벽돌의 하버드 대학 건물도 변함이 없었다. 건너편에 보이는 MIT 대학 둥근 돔 지붕도 '오랜만이구나' 하며 손짓하는 것 같았다.

"찰스강에 왔으니, 배를 한번 타 봐야지?"

삼촌이 우리를 보며 말했다.

유람선에 앉아서 건물이 우뚝우뚝 서 있는 웅장한 도시, 보스턴을 바라보았다. 강가에는 울긋불긋 단풍으로 물든 나무가 빽빽이 서 있어 가을 분위기가 물씬 풍겼다. 강가에 나란히 늘어선 나무 옆으로 배를 타고 지나갔다. 울긋불긋한 단풍이 물에 반사되어, 나도 화려한 단풍 색깔로 물드는 것 같았다.

삼촌이 떠다니는 카약과 카누를 손으로 가리키며 노를 젓는 방법을 설명해 주었다. 찰스강은 마치 누구나 즐길 수 있는 놀이터 같았다. 나는 떠다니는 각종 배를 넋 놓고 바라보았다. 순간, 어제 에이든이 했던 말이 생각났다.

"에이든, BTS 노래를 안다고 했지?"

"응, 많이는 모르고."

"무슨 노래를 아는데?"

"으음, Baepsae."

"그럼, 한번 해 볼래?"

"같이 할까?"

"좋아."

They call me 뱁새

욕봤지 이 세대?

CHARLES RIVER BOAT . CO

빨리, chase 'em

황새 덕에 내 가랑인 탱탱

So call me 뱁새

금수저로 태어난 내 선생님~~

나는 어느 사이 옆 사람도 아랑곳하지 않고 일어서서 노래를 불렀다. 유튜브에서 배운 팝핀 댄스로 몸을 비틀고 다리 하나 들고 빙글빙글 도는 율동을 하는 사이에, 에이든도 나와 약속이나 한 것처럼 춤추며 노래하고 있었다.

주위 사람들이 환한 얼굴로 우리를 보았다. 그중 몇몇 젊은이는 우리에게 전염이라도 된 듯, 손뼉 치며 몸을 흔들었다.

그 모습을 보자, 부끄러워서 얼굴이 화끈화끈했다. 당황해서 겨우 노래를 마치고 얼굴을 들지 못한 채 한참 동안 웅크리고 있었다. 에이든도 엉겁결에 노래를 불러 놓고 멋쩍었는지, 뒷머리를 긁적이며 싱긋 웃음 지었다.

"와! 너희들, 대단하다. 한국어로 함께 노래 부르고 춤을 추다니!"

삼촌의 파란 눈이 휘둥그레졌다.

에이든과 나는 쑥스러워서 킥킥 웃기만 했다.

삼촌이 말했다.

"얘들아, 부끄러워하지 마."

"네?"

"사실은 나도 너희 따라서 춤추고 노래 부르고 싶었거든."

"정말요?"

"그런데 춤도 못 추고 노래도 잘 몰라. 괜히 분위기 망칠까 봐 가만히 있었어."

에이든과 나는 마주 보며 킥킥 웃었다.

10. 지붕으로 올라간 소방차

찰스강을 빠져나오면서 삼촌이 분위기를 바꾸려는 듯 말을 툭 던졌다.

"얘들아, 저기 MIT 대학 둥근 돔 지붕이 보이지?"

"네."

"학생들이 공부하다 지치면 가끔 장난을 친대. 돔 지붕에 소방차가 올라와 있고, 또 어떤 때는 경찰차도 와 있대."

"어떻게 저 높은 지붕에 그 무거운 차가 올라가요?"

수지가 황당하다는 듯이 물었다.

"글쎄 말이야. 지붕이 유리여서 안전에 문제가 있을까 봐 차를 올려놓은 주인공을 찾아 벌을 주려고 했대."

"그래서, 주인공을 찾았어요?"

"오랫동안 못 찾았대. 할 수 없이 학교 측에서는 스스로 나타나면 문제 삼지 않겠다고 했대."

이번에는 데비가 물었다.

"그래서 주인공이 나타났어요?"

"약속이 지켜진다면, 졸업하는 날 발표하겠다는 답이 올라왔대."

"학교 측에서 약속을 지키겠다고 했어요?"

"학교 측도, 주인공도 약속을 지켰대."

우리는 모두 귀를 쫑긋 세웠다.

"졸업하는 날 발표했으니까."

"하하하."

우리는 모두 웃었다.

"왜 웃지?"

"졸업하는 날이니까, 벌도 졸업이잖아요?"

수지가 말했다.

우리는 또 한바탕 웃었다.

"그런데 소방차를 어떻게 올렸대요?"

데비가 고개를 갸웃하며 물었다.

"분해해서 한밤중에 가지고 올라가 조립했대."

"역시 여러 가지로 MIT 학생들이네요."

데비가 말하자, 모두 눈이 동그래져서 고개를 끄덕였다.

"이것이 MIT 일부 공대생들의 스트레스 푸는 방법의 하나래."

"많은 양의 공부 때문에 스트레스를 받기도 할 거예요."

데비가 말했다.

"맞아. 결국은 학교 측에서 벌은커녕 창의성과 도전 정신에 높은 점수를 줘서 지금까지도 그 전통이 이어오고 있다는 거야."

"그런 엄청난 일을요?"

"그런데 주로 이런 일은 만우절에 일어난대."

그러자 모두 하하하 웃었다.

"나 같은 사람이야 상상이나 하겠니?"

"무슨 그런 말씀을요? 우린 삼촌이 최고예요."

내가 엄지를 치켜들며 말했다.

"그래, 고맙다!"

배에서 내려 점심을 먹으러 가는 길에 거리의 악사들이 기타와 바이올린, 색소폰 등을 들고 생음악을 연주하는 것을 보았다. 플라스틱 통을 엎어 놓고 두드리는데, 그에 맞춰 신나게 춤추는 젊은이는 마치 한 폭의 예술품 같았다.

레스토랑에 들어서니, 여러 나라 음식이 질서 정연하게 진열되어 있었다.

"먹고 싶은 것 마음대로 골라 봐."

삼촌이 말했다.

나는 김밥을 보니, 눈이 번쩍 뜨였다. 데비도 마찬가지였다. 우리는 망설임 없이 김밥을 접시에 담았다. 한국 김밥이 세계 음식이 전시된 곳에 있으니 신기했다.

"김밥이구나."

삼촌이 말하자, 나는 씩 웃었다. 혹시 김밥밖에 모른다고 할까 봐, 조금 창피한 마음이 들어서였다.

"얘들아, 요즘은 냉동 김밥도 나온다."

"정말요?"

"우리 동네 트레이더스 조 수퍼마켓 냉동식품 칸에서 내가 봤어. 사람들이 몇 개씩 집어 가더라고."

삼촌 말을 듣자, 나는 김밥이 오히려 자랑스러웠다.

하기야 얼마 전 미국 US & WORLD지에서 조사한 바에 의하면, 한국이 세계 문화 영향력 순위 7위에 올라와 있었다. 그러니 세계 음식 가운데 한국 김밥이 끼었다고 호들갑 떨 일도 아니었다.

에이든과 수지는 빨갛게 익은 랍스타를 접시에 담아서 들고 왔다. 금방이라도 접시에서 기어 나갈 것 같은 모양이었다. 에이든과 수지가 크래커로 꾹꾹 눌러 껍질을 부숴다.

삼촌이 말했다.

"조슈아, 김밥도 좋지만 랍스타도 가져와. 보스턴에 왔으니, 랍스타를 먹어야지."

데비와 나도 랍스타를 가져와서 크래커를 사용해 보았다. 그러고 보니, 나는 에이든 가족 앞에서 잔뜩 주눅이 들어 있었는지 모르겠다.

집으로 돌아가면 인상 깊었던 거리의 악사도, 즐비하게 진열된 세계의 음식도, 내 머리에서 오래도록 그림으로 남아 있을 것 같다. 그 중에서도 찰스강에서 에이든과 춤을 추며 불렀던 BTS의 Baepsae가 최고의 명장면이 되지 않을까 싶다.

11. 하버드의 왼발

우리는 삼촌 차에 다시 올랐다.

“미국 최고의 역사를 자랑하는 대학이 보스턴에 있는 거 알지?”

세계의 대학가이기에 사람도 여러 인종이 섞여 사는 도시라고 했다. 삼촌 말을 듣고 밖을 향해 고개를 돌렸다.

다리에 털이 부숭부숭한 남자가 짧은 스커트를 입고 유유히 걸어가는 모습이 보였다. 또 어떤 청년은 옆머리를 정수리까지 밀고, 뒤통수에서만 길게 기른 금발을 찰랑거리며 활보했다. 보스턴은 여러 나라 사람들이 각자 개성대로 분주하게 움직이는 도시 같았다.

차가 멈춘 곳은 나무들이 가을 단풍으로 물들어 황금빛을 이루고 있는 하버드 대학 앞이었다. 캠퍼스로 들어가니, 많은 사람들이 북적이고 있어 생기가 넘쳤다. 우리는 삼촌을 따라 본관 앞 하버드 동상 쪽으로 들어갔다.

"여기는 날마다 관광객들로 북새통을 이룬다."

"볼 게 많아요?"

내가 물었다.

"세계적으로 명성 있는 대학이잖아."

데비가 말했다.

그때 건너편에 바라보이는 동상을 가리키며 삼촌이 말했다.

"이 학교를 세우는데 주요 기부자였던 존 하버드의 동상이야."

동상 앞에 서니, 책에서 공부했던 전설 같은 분을 직접 만나는 기분이 들었다. 마치 오랫동안 그리던 선인을 만난 것처럼 갑자기 눈앞이 흐릿해졌다.

'조슈아, 반갑다. 드디어 왔구나. 언젠가는 너와 만날 수 있기를 기대하고 있었어.'

'와! 이럴 수가?'

"조슈아, 무슨 생각을 그렇게 골똘히 하니?"

에이든의 말에 얼른 정신을 차렸다. 그건 환영이었다.

삼촌이 말했다.

"동상의 발을 만지고 가면, 가족이나 본인이 하버드에 들어올 수 있다는 전설이 있어."

"설마요."

"그래도 밑져야 본전이니까 기념으로 한 번씩 만져나 봐."

삼촌의 말에 모두 함께 웃었다.

그러나 데비는 웃지도 않고 눈만 깜박이었다.

삼촌이 말했다.

"와! 데비가 하버드대에 관심이 있구나."

"수지도 마찬가지잖아요?"

에이든이 말했다.

그러고 보니 수지도 심각한 표정을 짓고 있다.

수지를 바라보더니 삼촌이 인심 쓰듯 말했다.

"너희들 둘 다 하버드대 목표해라."

삼촌 말에 우리 다 같이 웃음을 날렸다.

우리는 동상 앞으로 씩씩하게 걸어가서 나란히 섰다. 온화한 얼굴에 우리 아빠처럼 곱슬머리인 하버드가 편한 자세로 앉아 있었다.

마침 내리쬐는 햇빛에 반사되어 왼쪽 구두에서 반질반질 윤기가 흘

렀다. 우리는 나란히 서서 차례로 구두 끝을 손바닥으로 문질렀다.

"사람들이 만져서 구두가 저렇게 반짝이는 걸까?"

데비가 말했다.

"그런가 봐. 한 번씩만 만져도 그 수가 얼마야."

수지가 말했다.

우리는 하버드의 왼쪽 구두 코를 손바닥으로 문지르며 킥킥 웃었다. 그러나 수지와 데비의 표정에는 진심인 듯 느껴졌다. 까치발을 하고서 두 손으로 정성스레 만지고 또 만진 뒤 돌아서는 걸 보니까.

동상을 잠깐 봐서 아쉽기는 했지만, 뒤에 기다리는 사람들로 오래 머물 수는 없었다.

"하버드 님, 발을 만지게 해 주셔서 감사합니다."

내가 인사를 하자, 다 같이 감사하다는 듯 손을 흔들고 돌아섰다.

12. 타이타닉과 와이드너 도서관

"자, 이제 와이드너 도서관에 가자. 그런데 밖에서만 봐야 할 것 같아."

삼촌이 말했다.

"안에 들어갈 수 없어요?"

"응. 그러려면 예약도 해야 하고, 절차가 조금 까다로워."

'역시 유명세가 따르는구나' 하고 나는 생각했다.

"하버드 대학에 도서관이 많나요?"

내가 물었다.

"응, 70곳이 넘는다고 들었어."

"와우, 상상이 안 되는데요."

"상상이 안 되기는 나도 마찬가지야."

삼촌이 웃으며 말했다.

여기저기 둘러보며 걷다 보니, 와이드너 도서관에 이르렀다.

"여기가 바로 역사 깊은 와이드너 도서관이야."

"얼마나 됐는데요?"

"음~. 100년이 조금 넘었대."

"하버드 대학이 몇 년 된 학교인데요?"

내가 놀라서 물었다.

"미국에서 역사가 가장 깊은 학교잖아?"

데비가 말했다.

"그래, 학교가 세워진 지 무려 400년이 가까워."

"에이, 말도 안 돼요. 미국 역사가 300년이 안 되는데, 어떻게 하버드 대학 역사가 400년이 돼요?"

내가 놀라며 말하자, 삼촌이 말을 이었다.

"미국이 독립되기 전에 세워진 학교니까."

"그렇다면 도서관 역사는 너무 짧은 거 아니에요?"

내가 고개를 갸우뚱하며 다시 물었다.

"맞아, 도서관은 대학이 개교한 뒤, 한참 후에 건립되었어."

삼촌은 와이드너 도서관을 세우게 된 유래를 설명했다.

"하버드 대학 학생 중 '와이드너'라는 청년이 있었어. 와이드너가 영국에서 책을 구해 돌아오면서 '타이타닉 호'를 타게 되었어."

"타이타닉이요?"

데비가 놀라며 소리쳤다. 나도 삼촌의 말에 눈을 번쩍 떴다.

"너희도 영국의 호화 여객선 타이타닉 호를 들어봤을 거야."

"저도 알아요, 거대한 여객선인데, 침몰했잖아요."

데비가 호들갑을 떨었다. 삼촌이 말을 이었다.

"배가 침몰하는 바람에 와이드너는 바다에서 나오지 못했어. 그의 어머니가 아들을 기리는 마음으로 하버드 대학에 기부해서, 와이드너의 이름으로 도서관이 지어진 거야."

삼촌 이야기에 분위기가 숙연해졌다.

"와이드너 도서관에 그런 사연이 숨어 있었군요."

데비가 슬픈 얼굴을 했다.

"삼촌은 어떻게 그렇게 잘 알아요?"

에이든이 물었다.

"너희에게 안내하려고 공부를 좀 했지."

"정말 감사합니다."

데비가 눈을 반짝이며 말했다.

대학을 가려면 아직도 몇 년 남았지만, 데비는 후일에 자기가 들어올 학교를 답사하고 있다고 생각하는지 모르겠다. 데비가 이리저리 눈동자를 굴리며 학교를 돌아보는 것이 마치 미래를 꿈꾸는 것처럼 보였으니까. 도서관을 뒤로하면서 삼촌이 말했다.

“2023년에 이 학교에 부임한 총장이 어떤 분인지 아니?”
“누군데요?”
“하버드 대학 흑인 첫 총장인데, 여성 총장이란다.”
“와!”
데비와 수지는 놀라서 벌어진 입을 다물지 못했다.
“데비와 수지 반응이 놀라운데?”
삼촌이 하는 말을 듣자, 둘은 마주 보고 멋쩍은 듯 웃었다.
“데비와 수지도 나중에 여성 총장이 될지도 모르겠는걸?”
삼촌 말에 우리는 한바탕 웃었다.
“총장님, 어디로 모실까요?”
에이든이 익살스럽게 웃으며 두 손을 모아 데비와 수지에게 내밀었다.
이제 내일이면 시러큐스로 돌아간다. 집을 떠나서 온 지 하루밖에 안 되었는데, 벌써 엄마 아빠가 보고 싶다.
이번 여행에서 에이든도 고마웠지만, 삼촌이 무척 고맙다. 삼촌은 우리와 나이 차이도 큰데, 친구처럼 데리고 다니면서 봉사해 주었으니 말이다. 나는 커서 삼촌에게 꼭 보답해야겠다고 다짐했다.

13. 그날을 꿈꾸며

미아에게 선물로 주려고, 감사나무에서 딴 벨벳 돼지 인형을 예쁘게 포장지로 쌌다.

'네 살 때 헤어진 미아가 나를 기억할까? 인형을 받으면, 미아는 어떤 표정을 지을까?'

나만 보면 생글생글 웃어 주던, 머리카락이 까만 아이. 유난히 크고 반짝이는 눈을 가졌던 미아를 생각하니, 나도 모르게 입가에 미소가 흘렀다.

이틀 동안 겪은 여러 가지 일이 동화의 한 장면처럼 스쳐 지나갔다. 에이든이 방문을 열고 히죽이 웃으며 들어왔다.

“조슈아, 이거 가져.”

“감사나무에서 딴 자동차잖아?”

“응, 이제 네 맘대로 가지고 놀아.”

“에이, 내가 어린애야?”

“그래도 너한테 자동차 물어내라고 심술부렸던 일이 머리에 남아 있었거든.”

“그래, 고마워.”

나도 어젯밤에 싸 놓았던 인형을 내밀었다.

“이거 네 가방에 넣어가.”

"뭔데?"

"어젯밤에 감사나무에서 딴 인형이야. 미아에게 선물로 주고 싶어."

"미아가 좋아하겠다."

에이든이 인형을 받아서 가슴에 안았다.

추수감사절 휴가가 끝나고 학교로 돌아가면, 저마다 그동안 지냈던 이야기를 하느라 교실이 시끌벅적하다. 고향에 갔다 온 이야기, 여행했던 일, 세일 중인 상품을 샀던 이야기 등으로 추수감사절의 기분은 며칠 동안 더 계속된다.

나도 들려줄 이야깃거리가 많다. 친구 할머니 댁에 가서 많은 것을 경험하고 대접받은 이야기를 하다 보면, 나도 모르게 어깨가 으쓱으쓱 올라갈 것 같다. 그리고 감사나무 이야기를 들려주면 친구들도 놀랄 것이다. 자동차 타이어가 펑크 났는데, 그것도 모르고 노래를 불러댄 이야기를 들려주면, 친구들이 얼마나 재미있어할까?

전에는 추수감사절이 돌아오면 아빠랑 오렌지색 호박을 칼로 오려 미니어처를 만들거나, 가족과 가까운 곳으로 여행을 다녀왔다.

이번 추수감사절의 여행은 특별한 선물을 받은 것처럼 기쁘다. 특히 카타르에서 벌어진 월드컵 경기를 에이든 가족과 함께 본 일은, 더

욱 기억에 오래도록 남을 것 같다. 참으로 순간순간의 명장면이 지워질 수 없는 소중한 것이기 때문이다.

2대1 승리로 포르투갈을 제치고 16강에 진출했을 때는 흥분의 절정이었다. 할머니 할아버지까지 '대~ 한민국'을 외치면서 함께 빙빙 돌았던 일은, 감동의 도가니 그 자체였다.

우리는 할머니 가족과 작별 인사를 나누고 밖으로 나왔다.

어제와는 달리 도로에 자동차들이 빽빽하게 차서 달린다.

"왜 이렇게 차가 많지?"

내 말을 듣고 삼촌이 말했다.

"아, 쇼핑하러 가는 차들이야."

"무슨 쇼핑을요?"

"블랙프라이데이라고 추수감사절 지나고 나면 크리스마스 선물을 사기 시작하는 때이지."

세종대왕

이때 데비의 핸드폰에서 신호음이 울렸다. 재키였다.

“재미있게 보냈니?”

“네! 보스턴 투어, 최고였어요.”

“그래? 참 좋았겠다.”

데비가 재키는 삼십 분 후에 도착한다고 알려주었다.

우리는 서둘러 삼촌 차에 올랐다. 나는 에이든의 어깨를 한 손으로 토닥이며 말했다.

“에이든, 정말 고맙다.”

“고맙긴. 나도 너하고 추수감사절을 함께 보내서 얼마나 좋았는지 몰라.”

“나는 언제 너에게 이런 대접을 해 줄 수 있을까?”

“너도 한국에 할머니 할아버지가 계시잖아.”

“그렇지만 너랑 쉽게 갈 수 있는 거리가 아닌데?”

“동생 미아가 중국 가족을 만나러 가게 되면, 그곳에선 한국이 가까우니까 가 볼 수 있겠다.”

“그래, 우리에게 꼭 그런 날이 오면 좋겠다.”

순간, 아기자기한 한국의 풍경이 머리에 좍 그려졌다. 우리는 달리는 차 안에서 서로 같은 방향을 바라보며 그날을 꿈꾸었다.

국경이 없는 지구촌 우정

지구가 하나의 동네가 된 지 오래입니다. 우리나라에도 여러 나라의 외국인이 함께 살고 있습니다. 그래서 다문화가족이라는 말이 이제는 익숙합니다. 우리 친구들이 다문화가족과 편견 없이 지내는지 궁금합니다. 친하게 지내기를 진심으로 바랍니다. 지구는 세계인이 함께 어우러져 사는 커다란 동네니까요.

주인공 조슈아는 한국과 미국을 오가며 자랐습니다. 부모님이 미국 유학 중에 태어나서입니다.

중학생이 된 조슈아가 어느 날, 노랑머리 꼬마와 어깨동무하고 있는 사진을 카톡으로 보내왔습니다. 옆집 친구와 세 살 때 찍은 사진이라고 했습니다.

두 아이는 주택가에 나란히 자리 잡고 살면서 가족처럼 지냈는데, 부모님의 직장 관계로 헤어질 수밖에 없었다고 합니다.

몇 년이 흐른 후, 조슈아와 친구는 훌쩍 자란 모습으로 우연히 만났고 서로를 기억해 냈습니다. 그들은 함께 학교생활을 하면서 더욱 친해졌습니다. 조슈아는 추수감사절에 친구 할머니 댁에 초대까지 받게 되었습니다.

이 이야기를 들을 때, 다른 나라 친구와의 우정이 참으로 아름답게 느껴졌습니다. 나는 이야기를 글로 써서 여러분과 나누고 싶었습니다.

처음에는 우리 가족이 걱정했습니다. 미국 문화를 제대로 알지 못하는데, 어떻게 이야기를 풀어낼 것이냐고 했습니다. 그러나 나는 미국에서 오래 산 조슈아 가족이 있어서 걱정되지 않았습니다. 문화에 대한 부분은 그들에게 도움받으면 되니까요.

조슈아가 들려준 이야기와, 제가 잠시 미국에 머무르며 경험한 사실을 바탕으로 상상력을 더해 글을 썼습니다.

금빛 햇살이 쏟아지는 가을날에

양정숙